Miracolo nel convento di Santa Maria Giovanna

Commedie in italiano

Flagrante delirio
Prognosi riservata
Strip-Poker
Un drammaturgo sull'orlo di una crisi di nervi
Un piccolo omicidio senza conseguenze
Venerdì 13

JEAN-PIERRE MARTINEZ

Miracolo nel convento di Santa Maria Giovanna

Traduzione di Annamaria Martinolli

La Comédiathèque
comediatheque.net

Personaggi

Beatrice, *madre superiora*
Prudenza, *madre tesoriera*
Agnese, *novizia*
Maria Carla, *volontaria*
Gian Francesco, *volontario*
Anacleto, *parrocchiano*
Vittoria, *parrocchiana*
Federico e/o Simone, *liceali*
Marco e/o Giovanni, *spacciatori*
Benitez e/o Sanchez, *poliziotti*

I liceali, gli spacciatori e i poliziotti possono essere interpretati indifferentemente da attori o attrici oppure ridotti a un unico personaggio.

ISBN 978-2-37705-865-5

La bottega del convento di Santa Maria Giovanna. Su scaffali ed espositori sono esposti diversi prodotti del monastero (liquori, biscotti, confetture) e altri oggetti devozionali (ceri, statuine, libri). Il famoso Elisir di Santa Maria Giovanna è proprio in testata di gondola. Suor Prudenza sta facendo i conti, mentre Maria Carla, la volontaria che l'assiste, passa in rassegna gli scaffali.

Maria Carla (*con un ottimismo un po' forzato*) – Ah… bisognerà ordinare altri segnalibri di Santa Maria Giovanna. In questo periodo si vendono come il pane.

Prudenza – Anche se riuscissimo a moltiplicarli… a cinquanta centesimi l'uno, non è con quei segnalibri che faremo i soldi.

Maria Carla – Suvvia, Sorella, almeno non perdiamo la fede! (*Pausa*) Purtroppo, non ha torto… e del resto stamattina non si è vista poi molta gente.

Prudenza – Anche i nostri parrocchiani più devoti preferiscono comprare i regali di Natale al centro commerciale.

Maria Carla – E questo solo per acquistare prodotti provenienti dalla Cina o da chi sa il cielo dove… mentre i nostri articoli sono tutti prodotti qui, dalle Sorelle. A chilometro zero, come si dice oggi.

Prudenza – Proprio così, Maria Carla. Noi siamo le uniche intermediarie tra il Creatore e il consumatore.

Maria Carla – Purtroppo, il "monastico bio" soffre ancora di una carenza d'immagine.

Prudenza – Mentre il nostro conto soffre di una carenza di soldi e basta.

Maria Carla – Siamo messe così male?

Prudenza – Non siamo qui per ricavare degli utili, questo è certo, ma se le vendite continuano a scendere, salvo miracoli, dovremo chiudere bottega.

Entra Gian Francesco, spingendo una cassa di bottiglie di liquore collocata su un carrellino per il trasporto merci.

Maria Carla – Ah, ecco qua Gian Francesco!

Gian Francesco – Ciao, Maria Carla. Buongiorno Suor Prudenza.

Maria Carla – Oh... quella cassa mi sembra molto pesante.

Prudenza – Per fortuna, abbiamo un matador che ci aiuta.

Maria Carla – Un matador? (*A Gian Francesco*) Oh, santo cielo, e da quando ti sei dato alla corrida?

Gian Francesco – Non sono io, Maria Carla. È il carrellino per il trasporto merci.

Maria Carla – Ah, certo. Sembra pratico, in effetti.

Gian Francesco – Che vuoi farci? Il progresso va avanti...

Maria Carla – Non sapevo, comunque, che avessimo un matador in convento.

Prudenza – Ce l'ha donato uno dei parrocchiani. Anacleto. Faceva il droghiere ed è appena andato in pensione.

Gian Francesco – Anche per la mia schiena è un dono del cielo. Con la sciatica che mi ritrovo... Maria Carla, puoi darmi una mano?

Maria Carla – Ma certo.

Gian Francesco e Maria Carla afferrano la cassa e, con uno sforzo evidente ma grande determinazione, la tolgono dal matador e la posano a terra.

Maria Carla – Uff... Mamma mia, quanto pesa. Che cos'è?

Gian Francesco – L'ultima produzione della nostra compianta Sorella Anna. Della prossima se ne occuperà Sorella Agnese.

Maria Carla – Sorella Agnese?

Prudenza – Sì, sarà lei a sostituirla in distilleria.

Maria Carla – Ah, come no. È arrivata qualche giorno fa, mi pare. Ma non abbiamo ancora avuto modo di incontrarci.

Prudenza – Per forza, passa tutto il giorno in montagna alla ricerca delle piante necessarie per la distillazione del nostro liquore.

Maria Carla afferra una bottiglia e osserva l'etichetta.

Maria Carla – Il famoso Elisir di Santa Maria Giovanna, che si crede guarisca quasi tutti i mali…

Gian Francesco – E aiuti a ritrovare il vigore della giovinezza.

Prudenza – Perché, ne dubitate forse?

Maria Carla – No, ma…

Gian Francesco – Se almeno mi facesse passare la sciatica…

Prudenza – Non scherziamo su queste cose. Il Santo Liquore resta il simbolo del nostro convento. Un tempo, questo Elisir di giovinezza era il nostro prodotto più venduto.

Maria Carla – Ma sta di fatto che dall'ultima consegna non ne abbiamo venduta neanche una bottiglia. Non so bene dove metteremo una cassa intera.

Prudenza – Fino ad un paio di anni fa, ne smerciavamo almeno due bottiglie al giorno.

Gian Francesco – Bisognerebbe trovare un sistema per rilanciare le vendite, ma comunque resta pur sempre una bevanda medicinale. Nessuno se la beve come aperitivo.

Maria Carla – Già… ci vorrebbe un'idea per svecchiare un prodotto ormai antiquato.

Gian Francesco – Un Elisir di giovinezza che ha bisogno di un trattamento per ritrovare la sua perduta gioventù. Non è molto appropriato come slogan.

Maria Carla – È quello che io chiamo il paradosso della naftalina. La mettiamo nei vestiti per evitare che le tarme se li mangino e come conseguenza, quando li indossiamo, siamo noi a puzzare di morto.

Gian Francesco – Ti assicuro che tu non puzzi affatto di naftalina.

Maria Carla – Grazie. Tu sì che sai parlare alle donne.

Gian Francesco – Certo che però, quanto mistero attorno alla sua ricetta… Quando Sorella Anna partiva per la montagna per raccogliere gli ingredienti dell'Elisir, mi sembrava di vedere Frate Indovino.

Maria Carla – Gian Francesco non dire sciocchezze… Sorella Anna non assomigliava affatto a Frate Indovino.

Gian Francesco – Non lo dicevo mica per la barba!

Prudenza – Figlioli miei non bestemmiate. Sorella Anna ha appena raggiunto, nell'alto dei cieli, nostro Signore Gesù Cristo.

Maria Carla (*facendosi il segno della croce*) – Dio l'abbia in gloria.

Prudenza – E vi ricordo che la ricetta del Santo Liquore la dobbiamo alla fondatrice del nostro ordine.

Maria Carla – A cui è stata rivelata da voci che udiva… Si può quasi dire che le sia stata sussurrata all'orecchio da Dio in persona.

Prudenza – Ed è grazie alle vendite del divino Elisir che il nostro convento è riuscito a portare avanti la sua missione fino a oggi.

Entra Beatrice, la Madre Superiora, seguita dalla giovane Sorella Agnese.

Beatrice – Buongiorno, miei cari.

Prudenza – Buongiorno, madre.

Beatrice – Sorelle, vi presento Sorella Agnese, che è qui per svolgere il suo noviziato. Prima di lasciarci, Sorella Anna l'ha istruita in modo che potesse sostituirla. Sarà lei a distillare il nostro Elisir.

Prudenza – Benvenuta nel convento di Santa Maria Giovanna.

Maria Carla – È bello vedere che, malgrado la crisi vocazionale, tra i giovani c'è ancora qualcuno disposto a intraprendere la vita monastica.

Gian Francesco – Ha forse studiato botanica?

Beatrice – No, Sorella Agnese ha appena concluso la Business School.

Gian Francesco – Ah, una formazione di alto livello.

Maria Carla – Per cosa, per distillare liquori?

Gian Francesco – No... per una Sorella. Anche se al giorno d'oggi c'è molta disoccupazione giovanile, è raro che una ragazza uscita dalla Business School decida di farsi suora.

Maria Carla – Il che dimostra che le vie del Signore sono infinite.

Agnese – Ho deciso di prendere il velo dopo aver visto la Vergine.

Gian Francesco – Addirittura!

Prudenza – Durante un pellegrinaggio a Lourdes, immagino? In fondo alla grotta, come la dolce Bernadette.

Agnese – Veramente, no... In fondo all'aula di un corso universitario estivo.

Gian Francesco – Su una presentazione in Power Point per caso?

Beatrice – Quando decide di palesarsi a noi, la santa Vergine non ci permette di scegliere né l'ora né il posto.

Prudenza – Dopotutto, Dio è ovunque. Perché non nell'aula di un corso estivo?

Beatrice – Ad ogni modo, dobbiamo considerare l'arrivo di questa nostra Sorella come un segno divino per incoraggiarci a portare avanti la nostra missione.

Maria Carla – Naturalmente.

Beatrice – Considerate le sue competenze commerciali, ho incaricato Sorella Agnese di rilanciare le vendite dei nostri prodotti monastici.

Gian Francesco – Ottima idea.

Beatrice – Oltre alla sua attività in distilleria, lavorerà quindi anche con voi. Vi chiedo la cortesia di informarla dell'importante lavoro che svolgete qui. E se le viene in mente qualche miglioria...

Prudenza – Conti su di noi, Madre.

Beatrice – Bene, ve la affido. Natale si avvicina, torno a occuparmi del presepio, almeno finché ci autorizzano ancora a farne uno in convento.

Beatrice esce.

Prudenza – D'accordo… (*Ad Agnese*) Ti mostro un po' come funziona la bottega, ti va?

Agnese – Certo… È molto graziosa… Forse un po' all'antica.

Prudenza – Più che un'attività commerciale, è una vera e propria missione.

Agnese – Non ne dubito. Ma per compiere la nostra missione, ci servono comunque i mezzi.

Prudenza – In effetti, sì. Le vendite dei nostri prodotti ci permettono di sostenere le spese del convento, ma anche di finanziare le nostre attività sociali.

Agnese – La Madre Superiora me ne ha parlato. Lottate contro i cartelli della droga colombiani mi pare?

Prudenza – Sì, insomma… su piccola scala.

Gian Francesco – Senza armi, né odio, né violenza, ovviamente.

Prudenza – Maria Carla e Gian Francesco fanno parte del gruppo di volontari che ci aiuta a svolgere la nostra missione.

Maria Carla – Cerco solo di rendermi utile… E visto che non ho ancora trovato marito…

Prudenza – Lascio a Maria Carla il compito di mostrarti i nostri prodotti. Li conosce molto meglio di me.

Maria Carla – Dunque… come puoi vedere abbiamo una vasta gamma di articoli. I nostri prodotti di punta sono comunque i ceri, con l'effige di Santa Maria Giovanna, e il nostro famoso Elisir della giovinezza prodotto, come già sai, con erbe locali.

Agnese – Sì, Sorella Anna me ne ha rivelato il segreto poco prima di lasciarci.

Prudenza – Un segreto che si trasmette di Sorella in Sorella da generazioni.

Gian Francesco – Ah, non conoscevo questa bizzarra abitudine.

Maria Carla – Quando la Sorella erborista si accorge che la sua fine è vicina, poco prima di ricevere l'estrema unzione tramanda il segreto alla Sorella che ne prenderà il posto. È un bene che le suore erboriste muoiano raramente di morte violenta.

Gian Francesco – Un segreto ben mantenuto come quello della Coca Cola, allora.

Prudenza – Purtroppo, l'Elisir di Santa Maria Giovanna non vende così bene.

Gian Francesco – Neanche in versione Spritz.

Maria Carla – Ah, in versione Spritz… potrebbe essere un'idea. Che ne dice Sorella Agnese?

Agnese – Perché no.

Maria Carla – Gian Francesco, non mi dirai che non hai mai bevuto l'Elisir del convento?

Gian Francesco – Onestamente, credo di no. (*Osserva la bottiglia*) È vero che l'aspetto vintage ha pur sempre il suo fascino, ma comunque…

Maria Carla – Te lo faccio assaggiare, così ti rendi conto.

Afferra una bottiglia da dietro il bancone e ne versa un bicchierino a Gian Francesco. Lui lo prende e lo svuota d'un sorso.

Maria Carla – Allora?

Gian Francesco (*con una smorfia*) – Ah, certo… è… particolare. Veramente c'è chi se lo compra?

Prudenza – Sempre meno, purtroppo.

Agnese – Confesso che non mi stupisce poi tanto… La ricetta andrebbe aggiornata… e l'etichetta rivista nella sua grafica. Ce l'avete un sito internet?

Prudenza – Intendi… del convento?

Agnese – Più che altro della bottega.

Prudenza – Ecco… fino a oggi non ci era sembrato necessario.

Agnese – Ci vorrebbe almeno una pagina Facebook. Non so, potremmo chiamarla… Gli amici di Santa Maria Giovanna, che te ne pare?

Suor Prudenza sembra presa alla sprovvista da queste idee rivoluzionarie. Entra Vittoria, un'anziana signora civettuola e dignitosa, ma abbastanza svanita.

Vittoria – Buongiorno a tutti.

Maria Carla – Buongiorno Vittoria, come sta oggi?

Vittoria – Oh, sa, alla mia età… Ero a confessarmi, come ogni giovedì, dopo essere stata dal parrucchiere. Così ho pensato di venire qui per un salutino.

Gian Francesco – Tutti i giovedì? Ha davvero così tante cose da confessare?

Prudenza – Gian Francesco, un po' di rispetto!

Vittoria – Oh, se è per questo potrei tranquillamente andarci una volta al mese…

Gian Francesco – Dal prete?

Vittoria – No, dal parrucchiere. Ma cosa vuole, mi aiuta a passare il tempo.

Maria Carla – Visto che è qui, vuole forse approfittarne per qualche regalo di Natale?

Vittoria – Ecco veramente…

Maria Carla (*a parte, ad Agnese*) – È la sua occasione per fare esperienza… La lascio a lei, Sorella Agnese.

Agnese – Buongiorno, signora. Posso aiutarla? Le serve qualcosa in particolare?

Vittoria – Oh, ma questa graziosa signorina io non la conosco.

Prudenza – È Sorella Agnese. Passerà il suo noviziato con noi.

Vittoria – Santo cielo… Povera cara, ma perché venirsi a seppellire qui vista la sua gioventù? I conventi dovrebbero essere riservati alle donne che non possono più peccare per raggiunti limiti di età.

Maria Carla – Vittoria!

Vittoria – E cosa l'ha spinta a prendere il velo, mia cara? Una pena d'amore?

Agnese – Un'apparizione della Vergine.

Vittoria – Ah, addirittura. Poveretta, ma una della sua età non dovrebbe vedere la Madonna ma qualcos'altro…

Agnese – Mi pare di aver capito che la sua salute le dà qualche problema. Forse un piccolo ricostituente le farebbe bene. Immagino conosca il famoso Elisir della giovinezza?

Vittoria (*tra sé*) – È proprio una graziosa ragazza, comunque.

Agnese prende una bottiglia e gliela mostra.

Agnese – Ecco qua, è un rimedio per ogni acciacco.

Vittoria – Oh, certo. Il liquore d'erbe… Mia nonna ne teneva sempre una bottiglia nell'armadio.

Agnese – No, questo è il liquore di Santa Maria Giovanna. A detta dei nostri numerosi clienti, è molto più potente di un normale liquore d'erbe.

Maria Carla – Non esageriamo. Non è il caso di fare pubblicità ingannevole.

Gian Francesco – Non le restituirà la gioventù perduta, ma la aiuterà a sopportare i mali della vecchiaia.

Agnese – Ne vuole una bottiglia?

Vittoria – Ecco io… Ho ancora la bottiglia che mi ha lasciato mia nonna quando è morta. Sa com'è, al giorno d'oggi questi intrugli non li beve più nessuno.

Agnese – Onestamente non credo che il liquore della sua antenata sia ancora buono. È un elisir miracoloso, ma ha comunque una data di scadenza.

Vittoria – Preferisco prendere un segnalibro per il mio messale, continuo a perderli.

Entra Anacleto, un anziano di bell'aspetto che tuttavia sente il peso degli anni.

Anacleto – Buongiorno, signore. Buongiorno, Sorelle.

Gian Francesco – Ciao, Anacleto. Per caso anche tu arrivi dal confessionale?

Anacleto – Ah no, io vengo dal baretto. Ho giocato al lotto come ogni giovedì.

Gian Francesco – Bravo. Un piccolo posto in paradiso è bene, ma neanche un piccolo posto al sole qui sulla terra è male. La fortuna aiuta gli audaci! Vero Maria Carla?

Maria Carla – La fortuna è il nome che i credenti più scettici attribuiscono ai miracoli.

Anacleto – Comunque, se vinco, farò di sicuro una donazione a favore delle vostre opere, care Sorelle.

Agnese – Pregheremo il Signore perché dia una mano alla fortuna.

Gian Francesco – Grazie ancora per il matador che hai donato al convento. Così non ho affaticato la mia schiena mentre aspetto il miracolo che mi farà passare definitivamente la sciatica.

Anacleto – Ciao, Vittoria. Sei molto elegante, oggi.

Vittoria, che fingeva di non vederlo guardandolo di sfuggita, sorride all'udire il complimento e bamboleggia un po'.

Vittoria – Sono appena stata dal parrucchiere.

Anacleto – Quel colore ti sta benissimo.

Vittoria – Grazie.

Anacleto – Sì, è molto… primaverile… con quei suoi riflessi… arancioni.

Vittoria (*scioccata*) – Arancioni?

Anacleto – No, non proprio arancioni, intendevo…

Vittoria (*ad Agnese*) – Signorina, secondo lei ho i capelli arancioni?

Agnese – Non saprei, a me sembra… blu petrolio.

Vittoria (*sconvolta*) – Blu petrolio?

Agnese – No, ecco… forse piuttosto blu elettrico.

Vittoria (*a Gian Francesco*) – Lei che ne pensa?

Gian Francesco – Blu elettrico? Mi piace. È il colore della mia macchina.

Vittoria – Torno subito dal parrucchiere, e gliene dico quattro.

Agnese – E la bottiglia? Gliela metto da parte?

Anacleto – Che cos'è? Ah, il famoso Elisir di Santa Maria Giovanna. Non sapevo che esistesse ancora.

Agnese – I grandi classici sono eterni. Ma Vittoria non è convinta.

Vittoria – Oh, sapete com'è, gli elisir miracolosi… Ho bevuto liquore alle erbe per tutta la vita, e guardatemi qua!

Anacleto – Io ti trovo splendida!

Vittoria – Adulatore!

Anacleto – Prendi questa bottiglia. Offro io.

Vittoria – Grazie ma… Non so.

Anacleto – Mi inviterai a berne un bicchiere insieme.

Vittoria – Ci sto!

Maria Carla (*ad Agnese*) – La sua prima vendita è andata.

Suor Prudenza porge la bottiglia a Vittoria dopo averla messa in un sacchetto. Anacleto paga Maria Carla.

Maria Carla – Mi faccia sapere se funziona…

Anacleto (*afferrando il sacchetto, a Vittoria*) – Lascia, lo porto io.

Vittoria – Grazie, Anacleto.

Anacleto – I capelli ti stanno benissimo, te lo garantisco.

Vittoria – Dici davvero?

Escono. Vittoria, in preda all'entusiasmo, dimentica la borsetta.

Maria Carla – A quanto pare l'Elisir ha almeno il potere di avvicinare i cuori solitari.

Gian Francesco – Purtroppo, vista l'età, non vorrei morissero entrambi prima di aver finito la bottiglia.

Suor Prudenza gli lancia uno sguardo di biasimo.

Prudenza – Gian Francesco!

Gian Francesco – No, non intendevo assolutamente dire che l'Elisir gli accorcia la vita. Solo che un semplice bicchierino al mese non basterà a risollevare le finanze del convento.

Agnese – Ecco perché dobbiamo cambiare sistema di vendita.

Prudenza – Cambiare... È una parola che suona un po' fuori luogo tra le mura di un convento.

Agnese – Le tradizioni sono importanti, non ne dubito. Ma se il monastero resta senza fondi, non potrà portare avanti le sue attività sociali.

Prudenza – Purtroppo è vero.

Agnese – A proposito... Non è che potresti spiegarmi un po' meglio quali sono le attività che svolgete?

Prudenza – Certo... C'è innanzitutto il nostro programma di aiuto ai contadini colombiani affinché smettano di coltivare droga e si dedichino alla coltura alimentare.

Maria Carla – Per non parlare dei corsi di sostegno ai liceali svantaggiati della nostra graziosa cittadina. Ogni anno concediamo alcune borse di studio ai migliori per permettergli di studiare più adeguatamente in una scuola cattolica.

Gian Francesco – Al giorno d'oggi la scuola privata è così cara...

Prudenza – Ahimè, temo che quest'anno non avremo le risorse per portare avanti la nostra missione. A meno che non avvenga un miracolo.

Il volto di Agnese s'illumina.

Agnese – Un miracolo. Ebbene io, Sorella Agnese, vi propongo di compierne uno!

Prudenza – Sorella Agnese, stai bene? Mi sembri un po' su di giri.

Agnese – So come rilanciare le vendite del nostro Elisir!

Maria Carla – Sentiamo.

Agnese – Ho trovato un'erba in montagna.

Maria Carla – Un'erba? Beh, non mi pare che ne manchino, qui nei dintorni.

Agnese – No, certo, ma quella che ho trovato io non è registrata in nessuno dei libri di botanica della biblioteca del convento.

Gian Francesco – Stia attenta. Le erbe sono come i funghi. Ne esistono anche di tossiche.

Agnese – L'ho provata in una nuova ricetta del liquore. E il risultato è stupefacente, ve lo garantisco.

Prudenza – Stupefacente in che senso?

Agnese – Il sapore è più buono, e gli effetti dell'Elisir sembrano decuplicati.

Gian Francesco – Detta così, sembra proprio una di quelle cose che si leggono sui calendari di Frate Indovino.

Prudenza – Non precipitiamo le cose. La ricetta del nostro Elisir è millenaria... Modificarla è una decisione estremamente delicata.

Agnese – Ci vorrebbe una seduta di degustazione con la Madre Superiora.

Prudenza – Credi davvero che sia giusto disturbarla per questo?

Gian Francesco – Beh, in fondo è proprio lei a incoraggiarci a cambiare i nostri metodi!

Agnese – Si può sempre sostenere la tradizione senza per questo opporsi alle idee nuove.

Gian Francesco – Soprattutto quando sono buone.

Prudenza – D'accordo. Maria Carla, sia gentile, vada a chiamare la Madre Superiora. È nella cappella a fare il presepe.

Maria Carla – Subito, Sorella.

Maria Carla esce.

Prudenza – Come ci organizziamo?

Agnese – Ho preparato una boccetta del nuovo Elisir.

Gian Francesco – Una boccetta... Dicevo io che si tratta di roba da Frate Indovino.

Agnese – Potremmo fare un test al buio.

Prudenza – Non penserai mica di far giocare la Madre Superiora a mosca cieca?

Agnese – No, certo, si tratta solo di versare il vecchio e il nuovo Elisir in due bicchieri senza etichetta, in modo che ognuno possa scegliere obiettivamente quale preferisce.

Gian Francesco – E Dio riconoscerà i suoi!

Prudenza – Sì, benissimo.

Preparano tutto per la seduta di degustazione.

Prudenza – Però… non sono sicura che tutto questo sia molto cattolico.

Anacleto e Vittoria ritornano.

Vittoria – Santo cielo che testa, ho dimenticato la mia borsetta.

Anacleto – L'Elisir non ha ancora avuto il tempo di fare effetto. Anch'io, ogni tanto, perdo la memoria.

Agnese – Ah, Anacleto, Vittoria… Capitate proprio al momento giusto. Due cavie ci farebbero comodo.

Anacleto – Cavie?

Prudenza (*ad Agnese*) – Almeno sei sicura che non abbia effetti collaterali?

Agnese – Stai tranquilla. L'ho provato su di me e guarda qua il risultato!

Prudenza la guarda e non si sente molto rassicurata. Entra la Madre Superiora accompagnata da Maria Carla.

Beatrice – Bene, figlioli, facciamo questo assaggio.

Agnese – Darò a tutti un primo goccio di Elisir senza dirvi se si tratta del vecchio o del nuovo.

Maria Carla – D'accordo.

Agnese riempie i bicchieri per un primo giro, senza che nessuno veda cosa sta versando, e porge un bicchiere a ciascuno. Dopo un attimo di esitazione, tutti assaggiano il liquore in religioso silenzio.

Gian Francesco – Beh…

Prudenza – Questa è la ricetta tradizionale, vero?

Maria Carla – Non è cattivo, ma…

Vittoria – È un cordiale.

Anacleto – Ha comunque un leggero sapore medicamentoso.

Beatrice – Sì… È per questo che si chiama Elisir di Santa Maria Giovanna.

Agnese, senza dire una parola, riempie i bicchieri per il secondo giro. Stessa scena di prima, ma i volti dimostrano maggiore apprezzamento.

Maria Carla – Ah, questo sì.

Gian Francesco – Non sembra di bere una medicina.

Beatrice – È vero, è strano.

Anacleto – Non è male.

Prudenza – Secondo me, sa di mela.

Agnese – Ne ho messe un paio.

Beatrice – Ma bisogna comunque che sia efficace quanto il precedente.

Agnese – Ho solo aggiunto una punta di…

Vittoria – Ne berrei volentieri un altro bicchiere, giusto per essere sicura.

Agnese – Me ne rimane un solo bicchiere.

Versa quanto rimasto nel bicchiere della Madre Superiora che ne beve un sorso e poi lo passa avanti.

Beatrice – Ah certo, è…

Passa il bicchiere a Prudenza.

Prudenza – È buono.

Passa il bicchiere a Gian Francesco.

Gian Francesco – Sì, si prova un'immediata sensazione di benessere.

Si tiene il bicchiere con aria ebete.

Maria Carla – Passa quel bicchiere, Franco Gianni.

Gian Francesco – Mi chiamo Gian Francesco. Ma è anche vero che ho la testa un po' sottosopra.

L'atmosfera si rilassa.

Agnese – Stupefacente è proprio la parola giusta per definirlo. Mi sembra di vedere di nuovo la Vergine.

Prudenza – Davvero? E dove?

Agnese – Qui, in fondo al mio bicchiere.

Anacleto – Oh... anch'io a volte la vedo in fondo al bicchiere.

Vittoria – Al bar?

Anacleto – No, al ristorante cinese. Dopo aver bevuto il sakè.

Maria Carla – Anacleto, per cortesia!

Tutti, a parte le Sorelle, iniziano a ridere.

Beatrice – Credo sia meglio chiudere qui la seduta di degustazione.

Prudenza – Sono d'accordo, anche perché mi sento strana... Ho come l'impressione di avere anch'io le visioni.

Vittoria estrae uno specchietto dalla borsa e si guarda.

Vittoria (*ad Anacleto*) – Di che colore ti sembrano i miei capelli, adesso?

Anacleto – Direi... rosa.

Vittoria – Pare anche a me.

Beatrice – Certo che è proprio rilassante... Non mi sentivo così da quando... Bocca mia taci!

Maria Carla – Mi sa che ne abbiamo bevuto un po' troppo, di questo meraviglioso Elisir.

Agnese – Sono pur sempre quaranta gradi di alcool.

Anacleto – Non è che gliene resta un goccetto, cara Sorella?

Agnese – No, è finito.

Prudenza – In questo caso, credo faremo meglio ad andare a letto.

Agnese – Senza recitare i vespri?

Beatrice – Non vorrà mica andare a teatro, spero?

Prudenza (*ad Agnese*) – Mia cara, presto imparerai che nei conventi si va a letto con le galline.

Agnese – Le galline?

Anacleto – E alla domanda: è nato prima l'uovo o la gallina? Io rispondo: questa è filosofia da galline.

Maria Carla – Non ho capito niente.

Agnese – E per l'assaggio, cosa decidiamo?

Beatrice – Non saprei… Ho le idee confuse.

Agnese – Perché non votiamo?

Prudenza – Mi sembra più ragionevole prendersi una pausa di riflessione.

Maria Carla – La notte porta consiglio.

Beatrice – Ha ragione Suor Prudenza, pensiamoci su. Domani avremo le idee più chiare.

Gian Francesco – Ti do un passaggio, Carlotta Maria?

Maria Carla – Mi chiamo Maria Carla.

Ridono come scemi. Tutti si dirigono verso l'uscita con passo incerto. Suor Beatrice inciampa.

Prudenza – Occhio al gradino, Madre.

Beatrice – Perché, c'è un gradino?

Maria Carla – Fino a oggi non ce n'erano.

Beatrice – Che prodigio è mai questo?

Escono.

Buio.

Il giorno dopo. Maria Carla entra nella bottega seguita da Gian Francesco. Lei si volta per controllare l'ingresso.

Maria Carla – No, non c'è nessun gradino.

Gian Francesco osserva la bottega vuota.

Gian Francesco – Strano. Di solito, Suor Prudenza è già qui.

Maria Carla – A quanto sembra, le nostre amate Sorelle hanno avuto difficoltà a svegliarsi. Stamattina non ho neanche sentito le campane delle Lodi mattutine.

Gian Francesco – E ci credo, dormivi come un ghiro.

Maria Carla – Tu che ne sai?

Gian Francesco – Non dirmi che non ti ricordi che ieri sera ti ho riaccompagnato?

Maria Carla – Ah, sì, può darsi… Sai com'è, c'era una di quelle nebbie… Strano però, in questa stagione la nebbia non c'è mai… e quella di ieri ce l'avevo anche in casa. Quindi mi hai riaccompagnato, (*un po' in ansia*) e poi cos'è successo?

Gian Francesco – Eri molto stanca. Ti ho portata fino in camera. Non riuscivi neanche a salire le scale.

Maria Carla – Non dirmi che…

Gian Francesco – Sono un gentiluomo, io. E credimi, la notte scorsa mi sono comportato da vero eroe. Non volevi assolutamente lasciarmi andare. Te lo ricordi?

Maria Carla – No.

Gian Francesco – Eri un po' su di giri, ma non ho voluto approfittare della situazione. Spero mi lascerai almeno il diritto di illudermi.

Maria Carla (*non sapendo cosa rispondere*) – Ecco, veramente…

Entra Suor Prudenza, gli abiti leggermente in disordine e l'aria colpevole.

Prudenza – Chiedo scusa, è la prima volta che mi capita di addormentarmi. Non ho sentito la campana.

Maria Carla – Credo che tutti quanti noi, ieri sera, abbiamo un po' esagerato.

Gian Francesco – Sì, è strano. Mi sento la bocca impastata come dopo una sbronza, ma il classico mal di testa non ce l'ho. Questo dimostra che quell'Elisir è proprio miracoloso.

Entra Suor Agnese, ancora su di giri e con una cassa di bottiglie.

Agnese – Durante la notte, ho prodotto alcune bottiglie di riserva. Sono sicura che sarà un successone. Ne venderemo tantissime!

Prudenza – Ti ricordo, Sorella Agnese, che la Madre Superiora non ha ancora dato la sua autorizzazione alla vendita.

Entra la Madre Superiora.

Beatrice – Buongiorno, figlioli. Chiedo scusa per stamattina, non mi sono svegliata in tempo per suonare le campane.

Agnese – Il che dimostra che il nuovo Elisir è quantomeno un potente sonnifero.

Beatrice – Ho dormito come un sasso, questo è vero. Tuttavia, gli effetti secondari del nuovo cordiale mi sembrano alquanto fuori controllo.

Agnese – Forse il dosaggio era un po' alto.

Prudenza – Lei che ne pensa, Madre?

Beatrice – Non so.

Prudenza – Una decisione va comunque presa.

Beatrice – Maria Carla? Lei che ne dice?

Maria Carla – Il nuovo Elisir ha proprietà stupefacenti, di questo siamo sicuri. Ma un potere rilassante associato a effetti disinibitori… può renderlo un cocktail esplosivo.

Prudenza – E se fosse stato il diavolo in persona a mettere quell'erba malefica sulla nostra strada?

Beatrice – Intende, come il serpente che ha tentato Eva con il frutto proibito nel giardino dell'Eden?

Prudenza – Ribadisco che secondo me sa di mela.

Attimo di riflessione.

Beatrice – Ha ragione… Care Sorelle, "migliore" non significa necessariamente "buono e giusto". E l'inferno è lastricato di buone intenzioni. Meglio lasciar perdere queste pericolose velleità di riforma e attenersi alla formula tradizionale dell'Elisir che fu rivelata a Santa Maria Giovanna dalla Vergine in persona.

Agnese (*nascondendo la sua delusione*) – D'accordo, Madre.

Beatrice nota la cassa portata da Agnese.

Beatrice – Quella cos'è?

Agnese – Ne avevo preparate alcune bottiglie per ogni eventualità. Ma le brucerò tutte, glielo giuro.

Beatrice – Bene, allora il discorso è chiuso.

Fa per uscire.

Agnese – Tuttavia, è un peccato non dare al prodotto una possibilità.

Beatrice – Prego?

Agnese – In fondo si tratta solo di un cordiale prodotto dalle monache, mica della cocaina del cartello colombiano.

Beatrice – Osa discutere la mia decisione?

Agnese – Dico solo che… l'incapacità di riformarsi è una debolezza, per qualsiasi tipo di istituzione.

Beatrice – Mia cara, le comunico che l'incapacità di riformarsi è una caratteristica tipica della Chiesa.

Gian Francesco – A volte, quest'avversione per qualsiasi riforma ci ha spinto all'eccesso, come nel caso di San Bartolomeo, ma ci ha anche permesso di preservare le nostre tradizioni fino a oggi.

Maria Carla – Tradizioni che tutti c'invidiano.

Squilla un cellulare.

Agnese – Le monache hanno un cellulare?

Prudenza – Beh certo, ci mancherebbe. (*Rispondendo*) Santa Maria Giovanna. No, intendo che qui parla il convento di Santa Maria Giovanna. Io non mi chiamo Maria Giovanna e non mi hanno ancora santificato. La Madre Tesoriera? Sì, sono io. Cosa? No, certo, è un bel guaio. Capisco. Sì, deve trattarsi di un errore. D'accordo, verifico subito. Grazie per aver chiamato. Sì, sì, glielo prometto. Che Dio benedica la banca che dirige.

Beatrice – Qualcosa non va?

Prudenza – Era la banca. Uno dei nostri assegni è stato respinto all'incasso.

Beatrice – Quale assegno?

Prudenza – L'assegno che abbiamo emesso per pagare gli studi del giovane Zidane affinché possa frequentare la scuola cattolica e diplomarsi.

Maria Carla – Ha molto talento, ma lo hanno espulso da tutte le scuole pubbliche della zona.

Agnese – Se non si diploma andrà ad aggiungersi alla lunga lista degli spacciatori.

Gian Francesco – O peggio dei calciatori.

Beatrice – Beh, allora dobbiamo assolutamente rimpinguare il conto.

Prudenza – E con quali soldi?

Beatrice – Non so, non potremmo… chiedere un prestito?

Prudenza – Questo va contro i principi del nostro ordine, reverenda Madre. E poi, ne abbiamo già chiesti due; ho paura che la banca non ce ne concederà un terzo.

Agnese – Ecco, vedete? Dicevo io che è importante risollevare al più presto le finanze della bottega.

Prudenza – Purtroppo, Sorella Agnese ha ragione.

Entrano Anacleto e Vittoria. Sono molto più in forma del giorno prima.

Anacleto – Buongiorno a tutti!

Vittoria – Come va, miei cari, tutto bene?

Maria Carla – Con voi sembrerebbe proprio di sì!

Anacleto – Altroché, siamo in piena forma. Vero, Vittoria?

Vittoria – Erano anni che non mi sentivo così bene, e la volete sapere una cosa?

Prudenza – Cosa?

Vittoria – Credo che il merito sia del vostro Elisir miracoloso.

Anacleto – Sì, ne sono convinto anch'io.

Vittoria – Ho dormito come un sasso e non ho più nessun dolore. O quasi.

Anacleto – E secondo me la vostra bevanda risolleva anche il morale. Siamo belli allegri. Non è vero, mia cara?

Vittoria – Sia come sia, vogliamo comprarne altre bottiglie.

Maria Carla – Mi fa piacere.

Afferra due bottiglie dallo scaffale.

Vittoria – Ah, no, non quella roba lì. La nuova versione!

Prudenza – Ecco, veramente… (*Come se stesse facendo uno spot pubblicitario*) Se comprate l'Elisir tradizionale, vi faccio due al prezzo di uno!

Vittoria – No! Vogliamo quello nuovo.

Agnese (*alla Madre Superiora*) – Lo vede anche lei, Madre… Secondo me varrebbe la pena di…

Beatrice esita un attimo ma poi prende una decisione.

Beatrice – Gli dia pure una bottiglia del suo nuovo Elisir, Sorella Agnese. Visto che ne ha preparate altre, buttarle via sarebbe uno spreco.

Agnese – Bene, Madre.

Anacleto – Una bottiglia sola? Non potremmo averne due?

Agnese gli porge una bottiglia.

Agnese – Abbiamo appena iniziato la produzione. Fino a nuovo ordine, una bottiglia in due.

Vittoria – Mi ricorda la tessera annonaria che davano in tempo di guerra.

Anacleto – Eri già nata in tempo di guerra?

Vittoria – No, assolutamente, sono troppo giovane! È stata mia madre a raccontarmelo.

Agnese – Per il momento, il prezzo è identico a quello del vecchio Elisir. Ma vi avviso che di sicuro subirà un leggero aumento.

Anacleto – Il prezzo della bottiglia non importa, l'importante è l'ebbrezza che ci dona… Intanto prendiamo questa, e poi ce ne metterete una cassa da parte quando ne avrete altre.

Le porge una banconota.

Vittoria – Grazie, e Buon Natale a tutti!

Maria Carla – Mi raccomando: andateci piano.

Anacleto e Vittoria escono ridendo come due ragazzini. Beatrice si volta verso Agnese che ha un sorriso smagliante stampato in faccia.

Beatrice – Sorella, si tratta solo di un primo esperimento.

Agnese (*tornando seria*) – Sì, Madre.

Beatrice esce.

Agnese – Ne produrrò comunque alcune bottiglie di riserva, per non trovarmi senza scorte nel caso in cui l'esperimento andasse a buon fine.

Prudenza – Non farti prendere dal facile entusiasmo. Per il momento abbiamo solo due clienti.

Agnese sistema le nuove bottiglie sullo scaffale.

Maria Carla – Sorella Agnese?

Agnese – Sì?

Maria Carla – So bene che la ricetta del nuovo Elisir deve restare segreta, ma... È sicura che sia legale?

Agnese – Legale?

Maria Carla – Intendo... È sicura che non sia come l'assenzio in epoca passata?

Agnese – Più che della legalità io mi preoccuperei dell'esistenza o meno di un numero sufficiente di piante per continuare la produzione.

Gian Francesco – Forse dovrebbe darsi alla coltivazione.

Agnese – Non so. Certo che Anacleto e Vittoria stanno proprio bene insieme. Sono sposati?

Gian Francesco – No. Ma sono entrambi vedovi, che come inizio non è niente male.

Entrano Federico e Simone, due liceali. Possono essere ragazzi o ragazze, a seconda delle esigenze della compagnia. Può anche trattarsi di un unico personaggio (in questo caso l'attore o l'attrice che lo interpreta recita i dialoghi di entrambi). Tutti i presenti sono stupiti dal vederli entrare, essendo poco avvezzi a questo tipo di clientela.

Maria Carla – Benvenuti, cari! Fate come a casa vostra, questa è la dimora del Signore.

Federico – Grazie.

Federico e Simone danno un'occhiata agli scaffali.

Maria Carla – Posso aiutarvi? Cercate qualcosa di specifico?

Gian Francesco – Sapete, capita spesso, alla vostra età, di porsi delle domande sul senso della vita, l'amore, il sesso…

Simone dice qualcosa a Federico. Se i personaggi sono interpretati da un unico attore, parlerà con qualcuno al cellulare per poi chiudere la chiamata.

Simone (*a Federico*) – Che ti dicevo, sono dei pervertiti!

Maria Carla – La religione, soprattutto quella cattolica, può essere una risposta, tra le altre, ai vostri normali dubbi.

Gian Francesco – Se vi fa piacere, posso consigliarvi un paio di libri. Abbiamo uno scaffale dedicato proprio a questi argomenti.

Federico – Veramente, è stata mia nonna a…

Prudenza – Tua nonna?

Federico – Vittoria.

Maria Carla – Ah, come no!

Simone – Ci ha parlato di uno sciroppo che vendete.

Gian Francesco – Sul serio?

Federico – Sì, insomma, non proprio uno sciroppo ma una pozione. Me ne ha descritto gli effetti e…

Agnese (*agli altri*) – Avete visto? Il passaparola dà già i suoi frutti!

Prudenza – Non capisco. Tua nonna è appena uscita e ne ha già presa una bottiglia. Non credo gliene serva un'altra.

Federico – In realtà, sarebbe per me. Ho un principio di raffreddore.

Maria Carla – Raffreddore?

Simone – Io, invece, ho un po' di tosse. Non so chi me l'ha passata.

Si sforza di tossire.

Gian Francesco – Ah, una malattia oralmente trasmissibile.

Federico – Sembra che il vostro Elisir curi qualsiasi cosa.

Maria Carla – Sì, più o meno.

Prudenza – Ma comunque contiene alcool.

Sorella Agnese estrae una bottiglia dalla cassa.

Agnese – Ne ho preparata anche una versione analcolica per i ragazzi.

Prudenza – Non c'è che dire, pensi proprio a tutto.

Federico – Grazie, Sorella, lei è la mia salvezza.

Agnese – Vi sballo? No, voglio dire, ve la imballo?

Federico – No, grazie, non serve.

Agnese – Ecco qua.

Federico allunga una banconota ad Agnese.

Federico – Grazie, sono sicuro che mi farà bene.

Agnese – Sarete sempre i benvenuti nella nostra bottega.

Federico – Mi sento già molto meglio.

Simone – Beh, allora grazie e… arrivederci, forse.

Maria Carla – Arrivederci. Buona giornata.

Federico e Simone escono con la bottiglia.

Gian Francesco – In mancanza di virtù terapeutiche scientificamente provate, se il nuovo Elisir riesce a ricondurre la nuova generazione sulla via della fede, è già una buona cosa.

Maria Carla – Un altro miracolo di Santa Maria Giovanna.

Entrano Benitez e Sanchez, poliziotti in borghese. Come nel caso dei liceali appena usciti, possono essere uomini o donne. Possono anche essere interpretati da un solo attore.

Prudenza – Decisamente, gli affari ripartono.

Benitez e Sanchez girano tra gli scaffali.

Sanchez – Graziose, queste candele. Sarebbero un bel regalo di Natale.

Prudenza – Sono ceri, con l'effige della fondatrice del nostro convento: Santa Maria Giovanna.

Benitez – Santa Maria Giovanna? Ma pensa!

Maria Carla – Posso aiutarvi?

Benitez le mette sotto il naso un distintivo.

Benitez – Commissario Benitez.

Prudenza – Nella Casa del Signore accogliamo tutti, anche i poliziotti.

Sanchez – Buongiorno, Sorelle.

Gian Francesco – Immagino che anche nel vostro mestiere abbiate bisogno del sostegno della fede. Soprattutto nel periodo di grandi sconvolgimenti che stiamo vivendo.

Prudenza – Siamo qui per ascoltarla, commissario.

Benitez – In realtà, siamo noi che vorremmo ascoltare voi.

Maria Carla – In che senso?

Sanchez – Abbiamo fondati motivi di sospettare che ci sia una piantagione illegale di marijuana nella montagna qui attorno.

Prudenza – Marijuana?

Agnese – È così che chiamano l'hashish, Sorella.

Prudenza – Dio del cielo.

Benitez – Qui sta diventando peggio che in Colombia. Ognuno si fa il suo piccolo orto biologico. Se andiamo avanti così, toccherà radere al suolo tutto.

Gian Francesco – Bisognerebbe anche capire dove si trova la piantagione. Poiché suppongo che questi giardinieri in erba si sforzino di mantenere una certa discrezione.

Sanchez – È proprio questo il motivo della nostra visita. Siccome voi Sorelle conoscete bene la montagna… forse potreste aiutarci.

Prudenza – In che modo?

Benitez – Non so, magari avete notato qualcosa di insolito nei paraggi.

Prudenza – Intende, droga? Non sappiamo neanche come è fatta.

Sanchez le piazza sotto il naso una foto.

Sanchez – Questa è una pianta di marijuana. E ci tengo a sottolineare che non cresce allo stato selvaggio nella regione.

Prudenza osserva la foto e assume un'aria scettica.

Prudenza – Se c'è qualcuno che può darvi le informazioni che vi servono, quella è Sorella Agnese. Trascorre molto tempo in montagna a raccogliere erbe.

Benitez mostra la foto a Sorella Agnese, lei la osserva e resta di sasso.

Benitez – Allora, Sorella? Riconosce questo identikit? Si prenda pure il suo tempo e lo osservi bene. E si ricordi che questa pianta è ricercata dalla polizia.

Agnese resta senza parole. Beatrice ritorna.

Sanchez – Si sente bene, Sorella?

Prudenza – Sì, sì, Sorella Agnese sta benissimo. È solo che…

Beatrice – Ha fatto voto di silenzio.

Prudenza – Ecco.

Benitez – Capisco. Capita spesso anche a noi, che i nostri interrogati abbiano fatto voto di silenzio. Vi lascio la foto?

Suor Beatrice la prende.

Beatrice – Sono la Madre Superiora. Chiederemo a Sorella Agnese di rispondere alle vostre domande per iscritto.

Benitez – D'accordo, Madre. E se per caso avete qualche informazione interessante da darci, potete chiamare il commissariato.

Beatrice – Certo, con piacere.

Sanchez afferra una bottiglia del nuovo Elisir.

Sanchez – Questo liquore con cosa lo fate?

Prudenza – Con piante medicinali della regione. La ricetta è un segreto che le nostre Sorelle incaricate di distillarlo serbano da secoli.

Maria Carla – Ecco perché Sorella Agnese ha fatto voto di silenzio. È l'unica a conoscere la formula dell'Elisir di Santa Maria Giovanna.

Benitez – Capisco... Nel nostro gergo, questo si chiama omertà.

Sanchez – Ve ne prendo una bottiglia. Dopotutto, male non può fare.

Beatrice gliela toglie prontamente di mano.

Beatrice – Mi dispiace, ma queste sono già prenotate.

Sanchez – Tutte?

Prudenza – Natale si avvicina... e i fedeli del convento sono molto affezionati ai nostri prodotti.

Maria Carla – Perché non prende un cero, piuttosto?

Gli piazza un cero in mano.

Sanchez – Ehm... Sì. Quanto vi devo?

Maria Carla – Omaggio della ditta.

Beatrice – Che Dio benedica i poliziotti.

Benitez – Grazie, Madre. E ci perdoni per aver turbato per qualche minuto la serenità di questo convento. È davvero un angolo di serenità. In realtà vi invidio.

Beatrice – Sul serio?

Benitez – Sa com'è, ne vediamo talmente tante nel nostro mestiere. Mi ci vedrei bene a finire i miei giorni in un monastero, lontano dalla violenza e dai traffici illegali. Circondato da volti gentili, onesti e rassicuranti.

Beatrice – In questo caso, dovrà per prima cosa rinunciare a tutte le tentazioni del mondo là fuori, commissario.

Benitez – Sì, e mi sa che per questo rinuncerò definitivamente all'idea della vita monastica.

Prudenza – Buon Natale, commissario.

Sanchez – Arrivederci, Sorella.

Benitez e Sanchez escono. Attimo di silenzio imbarazzato.

Beatrice – Sorella Agnese… non mi dica che ha messo della marijuana nell'Elisir di Santa Maria Giovanna?

Agnese – Le giuro su Dio, Madre, non sapevo che quell'erba era droga!

Prudenza – È una vergogna, abbiamo anche dovuto mentire alla polizia!

Agnese – No, abbiamo commesso un peccato di omissione. Solo di omissione.

Maria Carla – Adesso mi spiego gli effetti stupefacenti dell'Elisir. Io stessa, ieri sera, sono stata posseduta dal demonio.

Gian Francesco – Dal demonio? Non starai parlando di me, spero.

Agnese – Ora che facciamo?

Beatrice – E me lo chiede? Sospendiamo tutto, e subito!

Gian Francesco – In effetti Gesù non ha mai detto: "Prendete e fumatene tutti".

Agnese – No, ma ha comunque detto: "Prendete e bevetene tutti".

Beatrice – Distruggiamo nel fuoco quell'Elisir demoniaco.

Agnese – Sarà fatto, Madre.

Prudenza – Non possiamo trasformare il sacro convento in un laboratorio clandestino.

Agnese – Tuttavia…

Beatrice – Che altro c'è?

Agnese – Potremmo sempre interpretarlo come un segno inviatoci dal Signore.

Beatrice – Non mi dica che ha visto di nuovo la Vergine? La produzione dell'Elisir dev'essere interrotta.

Prudenza – Quale segno?

Agnese – Beh, insomma, una santa che si chiama Maria Giovanna e poi la marijuana… Certo che una simile coincidenza è sbalorditiva.

Beatrice – Cosa sta insinuando?

Agnese – Il convento è in stato d'insolvenza.

Beatrice – Sì, ma stiamo parlando di droga!

Agnese – La marijuana è una droga leggera. E del resto è stato Marx a dire: "La religione è l'oppio dei popoli".

Beatrice – Sì, ma non credo che volesse farci un complimento.

Prudenza – Inoltre, Sorella cara, nella Casa di Dio si cita la Bibbia e non Il Capitale.

Agnese – Io credo che Santa Maria Giovanna abbia voluto venirci in soccorso.

Prudenza – E come? Facendoci lottare contro le coltivazioni di papavero colombiane per poi spingerci a coltivare marijuana nel nostro convento? Sarebbe il colmo.

Agnese – A meno che uno non la interpreti come una rilocalizzazione.

Prudenza – Lei che ne pensa, Madre?

Beatrice – Confesso che non so più cosa pensare. Da quando Sorella Agnese mi ha fatto bere quell'Elisir, ho le idee confuse.

Prudenza (*facendosi il segno della croce*) – Gesù, Giuseppe e Maria.

Beatrice – Maria Carla, lei dà sempre buoni consigli…

Maria Carla – Al punto in cui siamo, credo sia inutile prendere una decisione affrettata. Prendiamoci il tempo di riflettere. Nell'attesa che gli effetti del satanico Elisir finiscano.

Beatrice – Bene, io vado a pregare il Signore, sperando che mi illumini.

Beatrice esce. Anacleto e Vittoria ritornano. Si sono cambiati d'abito, ora sono vestiti in modo molto più spensierato, primaverile, come se stessero per andare in vacanza (eventualmente, possono anche essere abbigliati in stile hippie).

Anacleto – Ho una bella notizia da darvi.

Gian Francesco – Hai vinto al lotto?

Anacleto – No, meglio ancora: ci sposiamo!

Maria Carla – Oh, che bello. Sono proprio contenta!

Vittoria – Sì, non so bene cosa ci è preso, ma da qualche ora ci sentiamo come se avessimo iniziato una nuova vita.

Anacleto – Dev'essere l'effetto dell'Elisir miracoloso. Anzi, se ne avete una scorta, vorrei comprarvene due o tre casse.

Prudenza – Due o tre casse?

Vittoria – L'abbiamo fatto assaggiare ai nostri amici del centro per anziani, sono andati in visibilio.

Anacleto – Un successo strepitoso. Tutti vogliono la loro bottiglia per Natale.

Agnese – Ecco veramente… abbiamo sospeso la produzione.

Anacleto – Sospesa? E perché mai?

Agnese – A quanto sembra, dal punto di vista sanitario l'Elisir non è del tutto a norma.

Vittoria – In che senso?

Anacleto – Insomma, guardateci! Siamo belli arzilli!

Agnese – Non siamo completamente sicure, ma…

Maria Carla – Con il passare del tempo, il prodotto potrebbe avere conseguenze nefaste.

Anacleto – Ah, beh. Se è per questo, il passare del tempo per noi è forzatamente nefasto.

Vittoria – Quello che sappiamo è che l'Elisir ci dà un immediato benessere.

Anacleto – Al centro per anziani, lo chiamano l'Elisir che fa sbellicare.

Agnese – L'Elisir che fa sbellicare?

Agnese scoppia in una rumorosa risata ma s'interrompe accorgendosi che tutti gli altri la osservano.

Gian Francesco – Non preoccupatevi, ci è caduta dentro quando era piccola.

Vittoria – Poveretti, resteranno molto delusi, terribilmente delusi.

Anacleto – Eravamo tutti così felici all'idea di berne un bicchierino insieme per festeggiare il nuovo anno.

Vittoria – Perché rifiutare una così piccola consolazione a dei vecchietti moribondi?

Anacleto – Poveri vecchi che quando festeggiano Capodanno non sono mai sicuri di essere ancora vivi a mezzanotte e un minuto.

Tutti si girano verso Prudenza.

Prudenza – Sorella Agnese, dagliene una bottiglia affinché la smettano con questa sceneggiata. Ma è l'ultima. E non una parola con la Madre Superiora.

Agnese porge ai due una bottiglia. Anacleto e Vittoria sono felicissimi.

Vittoria – Grazie, Sorella.

Anacleto – Dio l'avrà in gloria.

Agnese – Sì, nel frattempo dateci i soldi.

Anacleto porge una banconota ad Agnese.

Agnese – Ma questi sono troppi!

Anacleto – Spendeteli pure per le vostre opere di bene.

Vittoria – Buon Natale!

Anacleto e Vittoria escono. Attimo di silenzio imbarazzato.

Gian Francesco – C'è da dire che la tossicità del nuovo Elisir non è ancora stata provata.

Maria Carla – Quindi se può farli stare bene…

Agnese – Beh, la marijuana si usa anche a scopo terapeutico, sapete?

Prudenza – In quali casi?

Agnese – Ad esempio quando uno è malato terminale.

Prudenza – Anacleto e Vittoria non sono terminali, stanno per sposarsi!

Maria Carla – Forse è stata proprio la droga a spingerli a decidersi. Vi immaginate se, una volta cessati gli effetti, si accorgono di aver commesso una follia?

Gian Francesco – Non tutti quelli che si sposano sono per forza dei drogati. Anche se un alcool-test prima delle nozze io per precauzione lo farei fare.

Prudenza – Bene, diciamo che finiamo di vendere le scorte che Sorella Agnese ha preparato. Forse può permetterci di rimpinguare temporaneamente il conto.

Agnese – Brava Sorella, è la voce della ragione a guidarla.

Prudenza – Non ne sarei così sicura. Ma dopo, si torna alla vecchia ricetta.

Agnese – Promesso.

Maria Carla – Resta pur sempre una domanda.

Gian Francesco – E cioè?

Maria Carla – La piantagione è stata messa su da qualcuno.

Prudenza – Sì, è proprio quello che ci dicevano i poliziotti.

Maria Carla – Qualcuno che quando scoprirà che gli abbiamo fregato il raccolto, forse non sarà così contento.

Agnese – Ma comunque, si tratta pur sempre di droga.

Gian Francesco – E con ciò?

Agnese – Rubare la droga agli spacciatori... in fondo è una buona azione, no?

Maria Carla – Non quando la si ruba con l'intenzione di rivenderla per i fatti propri.

Agnese – Ma noi la rivendiamo in nome di Dio.

Gian Francesco – Quindi secondo lei siamo... una specie di Robin Hood, che ruba la droga ai ricchi per donarla ai poveri.

Entrano Marco e Giovanni, due piccoli spacciatori. Possono essere interpretati da uomini o donne o anche da un solo attore/attrice.

Maria Carla – Decisamente oggi in bottega c'è molto movimento.

Agnese – Posso aiutarvi?

Marco le mette sotto il naso un presunto ciuffo di cannabis.

Marco – Secondo lei, Sorella, questa cos'è? Una pianta di cicoria?

Prudenza – Ah, siete anche voi poliziotti. I vostri colleghi sono stati qui poco fa.

Giovanni – Io non sono uno sbirro, mia cara.

Agnese – Allora cosa ci fate con quel ciuffo d'erba? Lo sapete che è vietato.

Marco – Coltiviamo paradisi artificiali, e non ci piace chi si dedica alla raccolta volontaria.

Maria Carla – Ah.

Marco – Non è che per caso voi ne sapete qualcosa?

Prudenza – Cosa vi fa supporre che noi…

Marco le mette sotto il naso il ciuffo d'erba.

Giovanni – Questo ciuffo d'erba, cara Sorella, l'abbiamo trovato proprio davanti alla cappella, a poca distanza da dove è collocato il vostro alambicco.

Prudenza – Non avevate alcun diritto! Il convento è un luogo sacro.

Marco – Sacro? Distillate marijuana rubata a onesti coltivatori e lei si permette anche di farmi la morale?

Maria Carla – No, si tratta di un piccolo malinteso.

Prudenza – Sorella Agnese ha scambiato quell'erba cattiva per dei denti di leone.

Giovanni – Davvero? Scommettiamo che la marijuana ve la faccio ingoiare con tutta la radice.

Gian Francesco – Ci dispiace tanto, mi creda. Ma da brave persone quali siamo, sono sicuro che possiamo trovare un accordo soddisfacente per tutti. In fondo, non siamo mica dei selvaggi.

Agnese – E poi non sapevamo che la piantagione appartenesse a qualcuno.

Prudenza – Sta di fatto che i poliziotti la stanno cercando e prima o poi finiranno per trovarla.

Giovanni – Gli avete detto dov'è?

Prudenza – Non ancora.

Giovanni si raddolcisce un po'.

Giovanni – Forse un modo per risolvere la questione c'è. Dopotutto, facciamo lo stesso mestiere.

Prudenza – Come sarebbe a dire?

Giovanni – Anche noi cerchiamo di diffondere la gioia nel mondo.

Maria Carla – Cosa proponete?

Giovanni – Che ne dite di un orto condiviso?

Gian Francesco – Immagino che non si riferisca a un orto di melanzane, vero?

Giovanni – Voi fate voto di silenzio, noi ci occupiamo della coltivazione e in cambio vi lasciamo una parte del raccolto.

Agnese – Quanto?

Giovanni – Il dieci per cento.

Agnese – Mi sembra ragionevole. La decima. Era quello che i servi della gleba dovevano alla Chiesa nel Medioevo per permetterle di finanziare le sue opere di bene.

Prudenza – Ma i contadini, nel Medioevo, non coltivavano marijuana.

Agnese – Siamo sicuri che non sia OGM?

Giovanni – No, è libanese. Cento per cento biologica.

Prudenza (*facendosi il segno della croce*) – Signore Iddio.

Marco – Logicamente, se ci trovaste un luogo più discreto, sarebbe meglio.

Maria Carla – Per fare che?

Giovanni – Per coltivare il paradiso artificiale! Tipo un orticello monastico o un giardino claustrale.

Agnese – Un chiostro vi andrebbe bene?

Marco – Non troppo ombreggiato, però. Le piante hanno bisogno di molto sole.

Prudenza (*prostrata*) – Ci penseremo. Capite anche voi che una decisione del genere…

Giovanni – In ogni caso, non azzardatevi a telefonare alla polizia.

Agnese – Non si preoccupi. Il segreto della confessione ce lo impedisce.

Marco – Vorrei comunque farvi una domanda.

Prudenza – Prego.

Marco – Che cazzo ci fate con tutta quella marijuana?

Prudenza – È stato un errore, noi non…

Agnese – Un liquore. Produciamo liquore.

Giovanni afferra una bottiglia e la osserva.

Giovanni – Elisir di Santa Maria Giovanna.

Marco – Caspita. I miei complimenti.

Giovanni – Sapete che esportandolo ci guadagnereste un sacco?

Agnese (*a Prudenza*) – È un'idea geniale. Non solo il convento riuscirebbe a saldare il debito con la banca, ma potremmo anche risanare il deficit del bilancio italiano.

Prudenza – Sì, Sorella Agnese, so bene che hai frequentato la Business School, ma ti ricordo che il nostro convento non è né una start-up né un coffee shop.

Maria Carla – E ti ricordo che la coltivazione, la vendita e il consumo di marijuana è strettamente proibito dalla legge.

Gian Francesco – Almeno per il momento.

Anacleto e Vittoria ritornano.

Marco – Bene, noi ce ne andiamo. Vedo che avete clienti. Riflettete bene sulla nostra proposta.

Marco e Giovanni escono.

Prudenza (*agli altri*) – Non una parola con la Madre Superiora, o le verrà un infarto. E neanche con la polizia, ovviamente. (*In un tono inquietante*) Sistemeremo le cose seguendo i metodi che ben conosciamo.

Gian Francesco – Lei mi fa paura, Suor Prudenza. Non sta mica pensando di ricorrere alla violenza, spero? Tipo omicidio volontario con occultamento di cadavere sotto le piastrelle del chiostro.

Prudenza – Se possiamo evitarlo, no. Nel frattempo, faccio un salto in banca per risolvere quel piccolo problema dello scoperto.

Agnese – Vengo con lei. Alla Business School ci hanno anche insegnato a sussurrare ai banchieri.

Prudenza e Agnese escono.

Anacleto – Maria Carla, il vostro liquore è proprio stupefacente.

Maria Carla – Non l'avrete mica già finito?

Anacleto – No, ma al centro per anziani non riescono più a farne a meno.

Vittoria – È come una droga. Così siamo venuti a vedere se la produzione è ripresa.

Anacleto – Ce ne hanno ordinato dell'altro.

Vittoria – Attenzione, però: noi non ci guadagniamo nulla, non siamo mica trafficanti.

Anacleto – Non riescono più a stare senza. La maggior parte degli anziani ha già interrotto l'abituale terapia a base di tranquillanti.

Gian Francesco – Se va avanti così, oltre a risanare i conti del convento paghiamo la pensione a tutti gli italiani.

Maria Carla (*porgendo una bottiglia ad Anacleto e Vittoria*) – Tenete, questa è l'ultima bottiglia, e adesso andatevene.

Anacleto paga Maria Carla e prende la bottiglia.

Anacleto – Grazie, Sorella!

Maria Carla – Io sono Maria Carla.

Anacleto – Grazie, Sorella Maria Carla.

Anacleto e Vittoria escono.

Maria Carla (*a Gian Francesco*) – Penso che anche noi ci meritiamo un bicchierino, giusto quanto basta per tirarci un po' su.

Riempie due bicchieri.

Gian Francesco – Poco, mi raccomando. Bisogna andarci piano se vogliamo evitare l'overdose.

Maria Carla – Non ti preoccupare, è una droga leggera. Altrimenti non sarebbe in libera vendita in un convento.

Gian Francesco – Hai ragione, Dio non lo permetterebbe.

Svuotano i bicchieri d'un sorso.

Maria Carla – Ti apre tutti i pori.

Gian Francesco – Già.

Maria Carla – Mi raccomando, che resti tra noi.

Gian Francesco – Ma certo.

Maria Carla – Un altro bicchierino?

Gian Francesco – Con piacere! Non c'è niente di male a farsi del bene.

Riempie i due bicchieri, e li svuotano di nuovo d'un sol colpo.

Maria Carla – Mi sembra di essere tornata ai tempi del proibizionismo.

Gian Francesco – Perché, eri già nata?

Maria Carla – Sto scherzando!

Gian Francesco – Ovviamente. Il proibizionismo era molto prima della tessera annonaria. Mi ero pur detto che dovevi essere molto più giovane di Vittoria!

Ridono entrambi.

Gian Francesco – E se anche noi ci sposassimo?

Maria Carla – Sei serio o parli sotto l'effetto della droga?

Gian Francesco – Sei tu la mia droga, Maria Carla.

Fa per baciarla, lei oppone una debole resistenza.

Maria Carla – Dài, Gian Francesco… Tu sei fuori.

Vengono sorpresi da Federico e Simone che ritornano. Maria Carla si rimette un po' in ordine.

Maria Carla – Scusateci, stavamo facendo un po' di pulizia…

Gian Francesco – Buongiorno, buongiorno… Allora, come va, meglio?

Federico – Molto meglio. Il mio raffreddore è quasi passato.

Simone – Un vero miracolo. Di sicuro, è merito del vostro Elisir.

Federico – Sarebbe possibile averne una bottiglia o due?

Simone – Visto che è analcolico…

Federico – È per dei miei amici, giù al liceo.

Maria Carla – Amici?

Gian Francesco – Anche loro sono malati?

Simone – Sapete com'è con le malattie oralmente trasmissibili… Ho paura di aver passato il raffreddore a tutta la classe.

Prudenza ritorna.

Prudenza – Tutto a posto?

Gian Francesco – Sì, tutto benissimo.

Maria Carla mette con discrezione una bottiglia in mano a Federico.

Maria Carla (*a parte, a Federico*) – Prendetela e sparite.

Federico – Dio la benedica, Sorella.

Maria Carla – Non sono una religiosa, e non credo che Dio mi farà lo sconto per questo.

Gian Francesco – Infatti, sono venti euro.

Simone – Venti euro?

Maria Carla – Che volete farci, tutto aumenta al giorno d'oggi. È la legge della domanda e dell'offerta.

Gian Francesco – E adesso filate, banda di drogati!

Federico e Simone escono. Gian Francesco mette i venti euro in cassa.

Maria Carla – Com'è andata in banca, Sorella?

Prudenza – Agnese ha ottenuto un'autorizzazione allo scoperto, spiegando al direttore il nostro piano di risanamento aziendale.

Maria Carla – Perché, ne abbiamo uno?

Prudenza – Veramente non lo so neanch'io. Anzi, non ho nemmeno capito bene cosa significa.

Maria Carla – Comunque sia, solo con le vendite di oggi, possiamo già coprire una parte del deficit.

Prudenza – Dio sia lodato.

Gian Francesco – E Santa Maria Giovanna pure.

Marco e Giovanni ritornano.

Marco – Ho appena incrociato quelli che vendono la nostra roba al liceo. Non vogliono più comprare spinelli.

Giovanni – Adesso va di moda lo sciroppo.

Maria Carla – Ah.

Marco – Se perdiamo il mercato delle scuole, per noi è finita, capite? Anche noi sosteniamo delle spese.

Gian Francesco – Capisco benissimo. Una volta anch'io ero nel giro.

Giovanni – Per non parlare dei centri per anziani.

Maria Carla – Non ditemi che avete clienti anche là?

Giovanni – Cosa crede? I vecchi di oggi non sono più quelli di una volta. Questa è la generazione del maggio Sessantotto.

Maria Carla – E il personale dei centri permette agli anziani di drogarsi senza dire nulla?

Marco – Gli spinelli sono come la religione. Molti li scoprono solo a una certa età. È risaputo che non sono molto salutari per loro, ma se possono dargli una consolazione anche piccola, uno è disposto a chiudere un occhio.

Giovanni – Ma nessuno ce li chiede più!

Marco – Eppure di solito, sotto Natale, siamo in alta stagione.

Gian Francesco – È un periodo così deprimente.

Giovanni – È il periodo in cui i nostri vecchi hanno bisogno di un piccolo ricostituente, legale o no. E siccome i dottori non sono ancora autorizzati a prescrivere uno spinello mattina, pomeriggio e sera, noi la ricetta non la chiediamo.

Gian Francesco – Bisogna ammettere che una canna ogni tanto non fa più male degli antidepressivi. E crea anche meno dipendenza.

Marco – Appunto… Ma a quanto pare, da stamattina, i nostri senior rinunciano allo spinello in favore di un certo Elisir monastico.

Maria Carla – Mi dispiace davvero tanto. Ma non preoccupatevi, interrompiamo definitivamente la produzione.

Marco – Sì, ecco, veramente… che ne direste se ci associassimo?

Prudenza – Per formare cosa? Un'organizzazione criminale?

Giovanni – Eccola che tira subito fuori i paroloni!

Gian Francesco – Spiegatevi meglio.

Marco – Intendevo, non solo nella coltivazione ma anche nella trasformazione del prodotto.

Maria Carla – Trasformazione?

Giovanni – Tutto quello che si fuma, al giorno d'oggi non gode più di una buona reputazione. Le campagne antifumo, il divieto di fumare nei luoghi pubblici, ci hanno danneggiato parecchio.

Marco – Oggi, nei centri per anziani, i vecchi che vogliono fumare sono costretti a nascondersi come ragazzini.

Giovanni – E poi bisogna anche pensare ai drogati non fumatori.

Marco – Insieme, potremmo sviluppare un'intera linea di nuovi prodotti. Non dannosi per i polmoni e dal sapore gradevole. Quello che gli enologi rappresentano per la coltivazione dell'uva, noi lo diventeremo per la coltivazione della cannabis.

Gian Francesco – La cannabis fresca e leggera, per così dire. E tutta una gamma di torte spaziali stimola appetito come stuzzichini da associare alla bevanda.

Giovanni – E tutto questo sotto la protezione di Santa Maria Giovanna, ovviamente.

Marco – Rifletteteci un attimo: se tra un anno o due la marijuana sarà legalizzata, avremo una lunghezza di vantaggio per invadere il mercato.

Giovanni – Vi garantisco che con questo sistema il vostro convento incasserà più royalties del Vaticano.

Marco – Entro cinque anni, la succursale riacquista la casa madre. Tra dieci, rivendete l'intera baracca, come Bill Gates, e proprio come lui mettete su la vostra fondazione.

Giovanni – E a quel punto, in sei mesi risolvete definitivamente il problema della fame nel mondo. Credetemi, sarà molto più facile che con Madre Teresa. O la moltiplicazione dei pani e dei pesci di Gesù.

Marco – In parole povere, mie care Sorelle, vi ringrazio per avermi fatto ritrovare la fede!

Giovanni – E scommetto la mia testa che vi faranno sante. (*A Prudenza*) Lei come si chiama?

Prudenza – Prudenza.

Marco – Le dispiace se la chiamiamo Santa Prudenza?

Prudenza – Sento che sto per svenire.

Benitez e Sanchez ritornano. I due spacciatori si rifugiano all'altra estremità della bottega.

Benitez – Buongiorno, Sorelle... La Madre Superiora non c'è?

Maria Carla – Perché la cercate?

Sanchez – I cani poliziotto ci hanno finalmente condotti alla piantagione di marijuana.

Maria Carla – Davvero?

Benitez – Avevano già raccolto tutto, ma siamo ugualmente riusciti a identificare le radici.

Sanchez – Non ci resta che trovare gli erboristi… e la merce.

Gian Francesco – Non starete accusando le Sorelle di traffico di droga, spero?

Benitez – No, affatto. Però… Guardi qua. Queste sono le foto ricavate dalle telecamere di sorveglianza che abbiamo piazzato di nascosto.

Sanchez – A quanto sembra, i trafficanti si travestono da suore per non essere riconosciuti.

Maria Carla – Oh, mio Dio.

Sanchez – Ciononostante, siamo riusciti a ottenere un identikit.

Le mette l'identikit sotto il naso.

Benitez – Le ricorda qualcuno?

Maria Carla – Le giuro di no.

Benitez – La nostra pazienza ha un limite. Potrei sbattervi dentro tutti per poi interrogarvi al commissariato.

Sanchez – E un gruppo di suore in manette non ci farebbe bella figura agli occhi dell'Altissimo.

Arriva Beatrice.

Beatrice – La informo che la legge non ci fa paura, caro mio. In tempo di guerra abbiamo anche nascosto dei partigiani.

Benitez – Ehm… non vorrei deluderla, Madre, ma noi stiamo cercando due spacciatori che coltivano marijuana in montagna. I partigiani c'entrano ben poco.

Beatrice – Uscite subito di qui. Questo è un luogo sacro, e anche d'asilo.

Benitez – Torneremo. Giusto il tempo di ottenere il mandato del giudice.

Benitez e Sanchez escono.

Marco – Grazie per non averci consegnati alla polizia.

Beatrice – Questo non significa che io condivida quello che fate.

Giovanni – Detto tra noi, fate la stessa cosa.

Beatrice – Ma noi lo facciamo per la giusta causa. Sarà Dio a giudicarci.

Gli porge due tonache.

Beatrice – Tenete, andate laggiù a indossare queste. Se qualcuno vi farà delle domande, diremo che avete fatto voto di silenzio.

Marco e Giovanni escono. Agnese ritorna.

Beatrice – Ah, eccola qua, Sorella Agnese! La polizia è appena andata via. Ci siamo salvate per miracolo.

Agnese – Lo so. Sono stata io a raccogliere tutto per evitare problemi.

Maria Carla – E il raccolto dov'è?

Agnese – Nel granaio… dove distillo il nostro Elisir.

Gian Francesco – Ma è pura follia! La polizia può tornare da un momento all'altro con il mandato di perquisizione!

Marco e Giovanni tornano vestiti da suore.

Agnese – Buongiorno, Sorelle. Benvenute nel nostro convento.

Marco – Ehi! Guarda che non ho mica intenzione di farmi suora!

Prudenza – Al posto vostro, mi prenderei una vacanza finché la tempesta non è passata.

Gian Francesco – C'è da dire che la tonaca vi sta proprio bene.

Beatrice – E il convento è sempre alla ricerca di volontari.

Maria Carla – Gli cederei volentieri il mio posto in bottega, ma spiccherebbero troppo.

Beatrice – Possono sempre occuparsi del nostro giardino dei semplici. Mi pare che il pollice verde non gli manchi.

Prudenza – Pare anche a me.

Beatrice – Nel frattempo, Sorella Agnese vi darà una cella. Qui non potete restare.

Giovanni – Una cella?

Agnese – Non preoccupatevi. Quella che vi darò, avrà la chiave nella serratura.

Marco e Giovanni escono con Sorella Agnese.

Prudenza – Madre, vuole davvero fargli coltivare droga nel giardino del chiostro?

Beatrice (*esterrefatta*) – Perché, ho forse detto questo?

Benitez e Sanchez ritornano. Benitez mette un mandato sotto il naso di Beatrice.

Benitez – Eccoci qua. Stavolta abbiamo un mandato.

Beatrice – Siamo ben disposte a collaborare con la polizia. Ma prima, chiedo a Maria Carla di offrirvi un goccetto di benvenuto.

Maria Carla – Subito, Madre.

Beatrice – Vi lascio. Pregherò per voi.

Beatrice esce.

Maria Carla – Ci tengo a farvi assaggiare la nostra specialità: l'Elisir di Santa Maria Giovanna.

Benitez – Gentile da parte sua, ma siamo qui per lavorare.

Gian Francesco – Il goccetto di benvenuto fa parte della tradizione, signor commissario. Sarebbe una grave offesa nei confronti delle suore se rifiutaste.

Benitez – Se le cose stanno così, accettiamo. Ma sbrighiamoci.

Maria Carla gli serve due enormi bicchieri di liquore. I due bevono, prima con diffidenza e poi con aria di apprezzare la bevanda.

Sanchez – Ah, certo… è proprio buono.

Benitez – Strano. Ha come un gusto di…

Maria Carla – Sì, lo so, la mela di Eva.

Prudenza – È un Elisir miracoloso, il cui segreto è stato rivelato alla nostra fondatrice dalla Vergine in persona.

Gian Francesco – Guarisce tutti i mali.

Maria Carla – Ve ne verso un altro bicchiere.

Benitez cerca di opporsi, ma i bicchieri sono già riempiti.

Benitez – Basta, basta…

Sanchez – Grazie, Sorella.

Bevono una seconda volta.

Benitez – Certo che è proprio rilassante.

Prudenza – È per questo che regna tanta serenità all'interno del nostro convento. Ma immagino l'abbiate già notato.

Sanchez – Come no… Anzi, adesso mi sento tranquillissimo.

Benitez – Bene, e adesso, se volete scusarci, abbiamo una perquisizione da fare.

Si dirigono verso l'uscita con passo incerto.

Prudenza – Vi accompagno.

Benitez e Sanchez escono seguiti da Prudenza.

Maria Carla – Siamo fregati. Mi sa che ci arresteranno tutti.

Gian Francesco – Non ci resta che pregare.

Maria Carla – Suppongo che le prigioni non siano miste, vero?

Gian Francesco – Non più dei conventi, temo.

Maria Carla – E quindi non c'è nessuna possibilità di finire nella stessa cella.

Gian Francesco – No, nessuna.

Maria Carla – Allora baciami!

Si baciano. Il ritorno di Marco e Giovanni, sempre vestiti da suore, li costringe a separarsi.

Marco – Abbiamo appena incrociato i poliziotti. Mi sa che stavolta siamo nei guai.

Maria Carla – Con un po' di fortuna, non troveranno niente. Abbiamo drogato il commissario.

Giovanni – Tuttavia, vicino all'alambicco c'è una gigantesca balla di erba! Anche completamente fatti, la noteranno di sicuro.

Maria Carla – In questo caso non ci resta che pregare per un miracolo.

Maria Carla e Gian Francesco si mettono a pregare. Marco e Giovanni, all'inizio un po' esitanti, finiscono per imitarli. Musica sacra e cambiamento di luce che presuppone un'elissi temporale. Benitez e Sanchez ritornano.

Benitez (*a Marco e Giovanni*) – Buongiorno, Sorelle. Scusatemi se vi disturbiamo in piena preghiera.

Marco e Giovanni nascondono il viso dietro i loro veli e non rispondono.

Maria Carla – Anche loro hanno fatto voto di silenzio.

Benitez – Capisco… Vi prego comunque di accettare tutte le nostre scuse. Abbiamo perquisito il convento da cima a fondo ma non abbiamo trovato nulla.

Sanchez – In compenso, nella cappella avete fatto un presepio davvero stupefacente.

Benitez – Vi lascio l'identikit dei sospettati. Se li avvistate qui in giro, avvisateci.

Sanchez – Buon Natale. E scusateci di nuovo.

Escono. Entra Beatrice seguita da Prudenza e Agnese.

Agnese – È un miracolo! Appena siamo entrate nella distilleria…

Maria Carla – Cos'è successo?

Prudenza – La marijuana si è trasformata in alloro.

Maria Carla – Sia lodata Santa Maria Giovanna!

Agnese – È il segno che aspettavamo! La prova che Santa Maria Giovanna non è contraria alla nostra attività.

Beatrice – Moderi l'entusiasmo, Sorella. Il miracolo l'ho compiuto io.

Gian Francesco – Allora è lei che dovremmo santificare, reverenda Madre.

Beatrice – Avevo decorato il presepio con rami d'alloro, e nella distilleria c'era una gigantesca balla di erba. Mi sono limitata a invertirli.

Agnese – Ah. Quindi in pratica è…

Prudenza – Un presepio alla marijuana.

Beatrice – È una soluzione provvisoria. Nel frattempo, spero che tutto tornerà nella norma.

Agnese – Intende dire…

Beatrice – Ha capito bene, Sorella. Niente più marijuana nel liquore. Si torna all'antica ricetta.

Agnese – Anche se il convento finirà in stato d'insolvenza?

Beatrice – Io non mi preoccuperei, mia cara. La religione cattolica non morirà di sicuro. Ne ha viste di ben peggiori. Se necessario, trasformeremo le celle in stanze per gli ospiti. E noi dormiremo in hotel.

Agnese sembra delusa ma rassegnata.

Marco – Ci scusi, Madre, per i problemi che le abbiamo causato.

Giovanni – Da quando indosso questa tonaca ho capito molte cose!

Beatrice – Vi perdono, figlioli. E poi, questa situazione mi ha ricordato la mia giovinezza. Quando partecipavo alle risse contro i reparti antisommossa assieme ad altri religiosi amici miei.

Marco – Comunque, la ringraziamo per non averci consegnati alla polizia. A quest'ora, saremmo già in prigione. Se possiamo ricambiare in qualche modo il favore…

Beatrice – Ci penserò… Nel frattempo, tornate nelle vostre celle.

Buio.

Nella bottega regna di nuovo la calma. Dietro il bancone, Prudenza è intenta a fare i conti. Squilla il telefono.

Prudenza – Convento di Santa Maria Giovanna… La banca? Ah, sì, buongiorno direttore. Non mi dica che c'è un altro scoperto. Al contrario? Ah, ne sono felice! No, non abbiamo ancora valutato come investire i nostri guadagni. Benissimo… D'accordo… Perfetto… Ne parlo con la Madre Superiora e poi fissiamo un appuntamento con il vostro consulente per approfittare delle nuove opportunità d'investimento… Grazie per la telefonata. Che Dio benedica la sua banca.

Riattacca. Entra Agnese con una cassa piena di bottiglie e ceri.

Prudenza – Certo che è strano. Siamo tornati all'antica formula eppure il nostro Elisir si vende molto meglio di prima.

Agnese – È perché abbiamo cambiato l'etichetta. I clienti pensano che la bottiglia contenga ancora la nuova versione.

Prudenza – E questo basta a farli felici.

Agnese – È il cosiddetto effetto placebo.

Prudenza – Come si suol dire: l'apparenza conta più della sostanza.

Agnese – Sono venuta a salutarti.

Prudenza – Già ci lasci?

Agnese – Sì, ho deciso di rinunciare alla vita monastica.

Prudenza – Un'altra apparizione della Vergine?

Agnese – No, direi piuttosto il contrario. Quando hanno saputo che mi ero fatta suora, i miei compagni della Business School mi hanno confessato che, per farmi uno scherzo, prima del corso universitario estivo, mi avevano offerto una pizza farcita con funghi allucinogeni.

Prudenza – Funghi allucinogeni?

Agnese – Già, che probabilmente sono stati la causa della mia visione della Vergine.

Prudenza – Santo cielo. Comunque, dobbiamo ringraziarti. Per merito tuo le finanze del convento sono ormai floride.

Agnese – Grazie, Sorella.

Prudenza – Ci mancherai. Anche se credo che il tuo posto non fosse questo.

Agnese – Mi mancherete anche voi. Ma ogni tanto passerò a trovarvi.

Entrano Maria Carla e Gian Francesco. Sono vestiti in modo molto meno rigoroso rispetto a prima.

Prudenza – Buongiorno, miei cari. Allora, l'avete fissata la data del matrimonio?

Gian Francesco – Ecco, veramente... per il momento abbiamo deciso di lasciar perdere. Continueremo a vivere nel peccato ancora per un po', non è vero tesoro?

Maria Carla – Il matrimonio non è decisamente la soluzione giusta.

Gian Francesco – Guardate la povera Vittoria. Appena sposata e già vedova. Il matrimonio non ha proprio portato fortuna ad Anacleto.

Maria Carla – Già. Forse è stata colpa di un'overdose d'amore.

Gian Francesco – Sta di fatto che non ci tengo a fare la sua fine.

Prudenza – Ma tu sei molto più giovane di lui, Gian Francesco.

Tutti ridono.

Maria Carla – Allora, come sta andando? Da quanto vedo gli affari riprendono.

Prudenza – In effetti, è stupefacente. Non solo le vendite dell'Elisir sono salite alle stelle, ma anche i nostri ceri si vendono benissimo!

Agnese – Vi ho portato altre bottiglie per riempire gli scaffali. Le ho prodotte stamattina assieme ai due nuovi volontari che mi sostituiranno in distilleria.

Prudenza – Non avrai per caso confidato ai due spacciatori il segreto di Santa Maria Giovanna?

Agnese – Credo che di loro ci si possa fidare. Chi non si è mai fumato uno spinello scagli la prima pietra.

Prudenza – Sta di fatto che non si vedono spesso in giro. Anche se hanno le loro ragioni per mantenere una certa discrezione.

Gian Francesco – Stanno pur sempre meglio qui che in prigione.

Agnese – Gli ho permesso anche di produrre i nuovi ceri profumati. A base di funghi che coltivano nei sotterranei del convento. Sono pura dinamite!

Maria Carla – In effetti emanano un profumo inebriante!

Gian Francesco – Ne accendo subito uno.

Gian Francesco accende un cero e tutti aspirano il fumo con grande piacere.

Prudenza – Che buon odore.

Maria Carla – Odore di santità.

Gian Francesco – Da quando li accendiamo durante la messa, la chiesa è sempre piena.

Mentre afferma quanto sopra, entra Beatrice.

Beatrice – Un altro miracolo di Santa Maria Giovanna.

Beatrice si fa il segno della croce. Tutti restano immobili con sguardo estatico. Musica sacra.

Buio.

FINE DELLA COMMEDIA

Dicembre 2022

www.ingramcontent.com/pod-product-compliance
Lightning Source LLC
LaVergne TN
LVHW010121170826

845678LV00012B/2537

* 9 7 8 2 3 7 7 0 5 8 6 5 5 *